앞마당에 그가 머물다 갔다

실천시선 238

앞마당에 그가 머물다 갔다

강세환

실천문학사

차례

제1부

제2부

제3부

제4부

제1부

카드놀이 하는 사람들

너의 고단하고 힘겨운 하루가
세잔의 캔버스에선 그림이 되고
내게 와서는 한 줄의 시가 되어라

너는 흙 묻은 이마의 땀을 식히고
네 식구는 부뚜막에 앉아 삶은 통감자 몇 개로
비로소 완성되는 평화로운 저녁

세잔은 카드 몇 장 들고 하루저녁을 건너가고
나는 구겨버린 시 한 편을 바라보며
담배 한 개비로 하루저녁을 건너간다

몇 날을 참다 울음소리 터져버린 저 매미들도
애써서 썼던 시 한 편을 툭 던져버린 나도
잘 산다는 것은
카드 몇 장 던져놓고 기다리는 거라고

풍죽(風竹)

—간송미술관에서 만났던 이정의 〈풍죽〉에 관하여

바람도 한 발짝 물러서지 않는다
댓잎도 한 발짝 물러서지 않는다

바람은 댓잎 허리를 놓지 않고
댓잎은 바람 허리를 놓지 않고

풍 하나
죽 하나

바람은 댓잎을 무너뜨리기 위한 게 아니다
댓잎은 바람을 무너뜨리기 위한 게 아니다

바람은 저 댓잎에 무너지지 않으려고
댓잎은 저 바람에 무너지지 않으려고

풍 하나
죽 하나

바람 없으면 댓잎 없으니
댓잎 없으면 바람 없으니

바람과 부딪치면서
바람을 받아들이는

원통사 뒷길

바람도 저 머물던 곳
기억할 수 있는지

나무도 하늘도 새소리도
기억할 수 있는지

바람 속에 있어도
바람 밖에 있어도

만공선사(滿空禪師) 거닐던
아무도 없는
원통사 뒷길

한가득 공(空)을 채워
저 바위 되었는가

바람도 저 머물던 곳

잊고 사는지

더 큰 바람이라도 한번 불면
나는 나를 잊고
너는 너를 잊고
숨소리 바람소리 다 잊을 수 있을까

바람 속에서
바람 밖에서

잊기

—무수골 꽃생강나무

꽃생강나무와 당신이 바꾸어 서 있어도 좋겠네
봄이 와도
봄이 가도
당신을 찾아 굳이 온 산 헤매지 않아도 좋겠네
지금 만나지 않아도
헤어지지 않아서 좋겠네

저녁 일곱 시쯤 설익은 달빛이
잠시 당신을 데려다 놓았네
막 태어난 시 한 편인 양 두 손을 보듬어 당신을 안아보면
살 맞닿은 곳마다
쌉싸름한 향이 나서 좋았네
나를 뿌리치지 않는 당신은 생강나무였네
나도 생강나무가 되고 싶었네

멀리 남도 끝에 있다는 당신도

낯익은 생강나무도
늘 그렇듯이 꽃이 한번 피었다 졌다 해도
당신은 결코 생강나무가 아니었네
나도 생강나무가 아니었네

당신의 이름을 꼬깃꼬깃 접어 꽃생강나무 옆구리에 넣으면
당신도 생강나무가 될 것 같아
쿡 찔러보았네
내 옆구리에 당신을 넣듯이

꽃생강나무와 당신이 바꾸어 서 있으면 좋겠네

시 한 줄

—소흘읍 고모리 김종삼 시비 근황

겨울 고모리 저수지에 얼어붙은
시 한 줄
둘레길 천장 높은 식당에 들어와 앉는다

소리를 다 잊은 풍금
세월이 어긋나 덜컹대는 미닫이문
탁자 위 늙은 호박
시간을 잃은 시내버스 시간표
불기운 식은 심심한 난로
저수지처럼 깊고 높은 침묵 사이에
시 한 줄
늘 그렇듯 빈 잔에 술을 채운다

모차르트도 전봉래(全鳳來)도 포장마차도 눈에 띄지 않는다
—모차르트도 전봉래도 못 끊겠어
—아직 덜 부른 노래가 있는지요

날 풀리면 저수지 언저리부터 무슨 기척이 있을 터!
무얼 더 기다리지 않고
갈대를 꺾어 부러뜨리듯
세월을 툭툭 부러뜨릴 줄 알아야지!
툭 부러뜨릴 것도 없어야……

—이제 추억으로부터 자유로우신지
—술이나 한 잔 들지

술

아내의 휴대폰 문자 '진짜 술 조심'을 삭제하고
자리에 앉자마자 잔을 돌리고
잔이 돌지 않아 늦는다 싶으면
내 잔에다 자작하고
다들 슬쩍슬쩍 술자리를 뜨는데
나 홀로 텅 빈 술집에 남았다

한 잔 더 하고 나오다 술집 문턱에 넘어졌다
와르르 와르르 무너졌다
부딪친 건 정강이인데 마음이 먼저 아팠다
마음의 벽도 무너지면서
마음에 가두었던 이들에게
휴대폰의 통화 버튼을 조금씩 눌러 보았다

혼자 커피를 마시고 있을 아내에게 또 휴대폰을 넣었다
"여보! 여기가 어디냐?"
"거기가 어딘데……"

“내가 지금 어디에 있는 거냐?”
“어디서 헤매는데……”
집으로 비틀비틀 가는 길은 멀기만 하다

오늘 내가 들었던 마음의 잔을 어디에 내려놓았을까
너무 무겁다
너무 멀리 있다

덧칠

한 획 한 획 댓글 없는 문자들이 떠돌다 흩어졌다
4월의 마지막 봄비였다
인사동 돌 전각 필방 앞에 서 있었다
거기까지만 갈 것을

당고개행 막차를 그냥 보내지 말 것을
너를 보내놓고 혼자 남지 말 것을
소줏집 나와 다시 맥줏집에 들르지 말 것을
무작정 빗속을 걷지 말 것을

네 앞에서 붓펜으로 썼던 금강경 한 구절!
'제상비상(諸相非相)'
어느 시인의 시심처럼
어느 묵객의 묵향처럼
너도 빗속을 떠돌다 흩어졌다 다시 너는 흘러갔다

맥줏집 한쪽 벽면에 붙어 있던

소설가 김성동의 편액 한 획
'화락천지정(花落天地靜)'
꽃이 지는 것도
꽃이 피는 것도
이 빗소리보다 더 작은 고요일 것이다

빗속에 손을 내밀었다 손바닥을 오므렸다 폈다
아무것도 없다 젖었을 뿐이다
네가 돌아선 길도 비에 젖었을 것이다 너는 흘러갔다
이 비 그치면
이제 그냥 가자

시인 P씨와 봄비

오늘 밤 어둡지도 외롭지도 않은 시 한 편을 쓸 것이다

봄비에 젖은 휴대폰 컬러링에 끌려
봄비 오는데…… 술 한 잔 하자
시인 P씨의 봄비 같은 목소리에 끌려
봄비에 젖은 맥주 한 잔!
봄밤에 가슴 철렁할, 그런 삶 언제 살았는지

시인은 어디에 있을까
시는 또 어디에 홀로 서 있을까
어둡지도 외롭지도 않은 강기슭에서
눈물 같은 봄비에 젖고 있는 걸까

지상에 비닐하우스 같은 마음의 집 하나 없는
늦은 밤 중년 시인 둘이서
네 속 내 속을 안주로 잔 기울이던
고읍지구 360번 도로 비닐하우스 간이주점

동석한 시인의 아내에게도 봄비 한 잔!
크게 한 잔 더 하자는 시인과
봄비 섞은 폭탄주 한 잔씩 털고

적막한 밤 두 시 양주 콜택시를 기다리며
선 채로 한 잔 더!
봄비여 시인이여 어두운 것도 외로운 것도
삶의 한 모퉁이인 것을

앞마당에 그가 머물다 갔다

그는 피붙이는커녕 무너진 초가 한 칸도 없었다
말년엔 탁발도 끊고
남의 집 헛간에 서당을 차려놓고
끼니를 때웠다는 풍문도 돌았다
그는 헛간 속에도 풍문 속에도
어느 길 위에서도 머물지 않았다

그는 옆에 여자를 둔 적이 한 번 있었다
불치병을 앓는 여자구실도 할 수 없는 여자였다
그는 옆에 둔 여자를 잊고
여자도 그를 잊고 살았다
여자를 만나면 여자를 잊고
또 납자(衲子)를 만나면 납자를 잊고

그는 세월이 또 많이 흘러 뜬구름이 되었다
거울 속에 비친 구름도 상(相)인데
그의 상은 그냥 무상(無相)이었다

구름은 구름이 아니고
거울도 거울이 아니다
그는 어느 곳에도 머물지 않은 바람이 되었다

허공에 뜬구름도 멀리 멀리 흩어지니
뭇바람이 지나간 것을 알겠더라
헛간도 풍문도 여자도
탁발도 납자도 뜬구름도
그가 머물던 앞마당도
마침내 허공도 뻥뻥 뚫릴 것 같은

겨울비 내렸을 뿐인데

겨울비 오는 날 아무것도 하지 않고 하루를 살았다

한 번도 울리지 않는 내 휴대폰처럼
아무것도 하지 않고 앉아 있는 소파처럼
식탁과 마주 앉은 빈 의자처럼
혼기 놓친 여자 같은 계간지 표지처럼
뒷마당 대추나무 끝에 글썽글썽 맺혀 있던 빗방울처럼

옛 애인 같던 새벽녘 강릉 교동택지 맥줏집도
교항리 간선도로변 생맥주 카스타운도
꾸둑꾸둑 말린 장치찜 큰 축항 월성집도
찬 소주 곁들인 도루묵찌개 주문진 터미널 포장마차도

다만 겨울비가 좀 내렸을 뿐인데
겨울비도 나도 변명하고 있었다
너도 나도 서로 시절이 어긋났을 뿐이라고

홍매 생각

이른 봄 홍매 한 점 길게 날린다
조선 후기 화가 조희룡의 긴 한숨인가
남해 먼 곳 임자도(荏子島)
만구음관(萬鷗唫館)* 현판 아래서
섬처럼 매화를 그렸다는

예순 살 넘어 귀양 살러 간
노 화가도 홍매 한 점 같은 붉은 기운이었을 것이다
붉은 매화꽃은 거칠다 무르고
유난히 짙은 매화 향기는
그대보다 더 먼 곳에서 피었다 졌다 또 깊어만 갈 것이다

먼 곳에서 돌아보면
내가 사는 것도 그저 붉은 기운 수묵 한 점이리라

---

* 갈매기 만 마리가 울부짖는 집.

동백

바위 끝에 매달려 있던 동백을 품었어

너는 시들지 않을 것 같았어
너는 저물지 않을 것 같았어
너는 끝나지 않을 것 같았어

파도도 둘레객도 먼발치서 발걸음 죽이던 무슨 적요 같은
너를 보면
이제 먼 곳이 더 잘 보이는 내 나이도 알고 있을 것 같은
너를 보면
제 무릎 아래 파도소리 엿듣던 어떤 여자의 귓바퀴 같은
너를 보면

갈매기도 꽃이었어
동백섬도 꽃이었어
그게 동백꽃이었어

안개 더미 휘장을 슬며시 걷어내면
또 속았어 어쩔 수 없었어
낚였어

너는 마지막 남은 꽃이었어
너무했어
눈물이 났어

가슴 언저리에 덥석 얹힌 이 붉은 미열(微熱)!

정릉 명호 호프집에서

홍은동 산 1번지 무허가 블록 집으로
묵직한 달빛이 고개 숙이고 들어가고
김관식이 들어가고
신경림이 들어갔다
어두운 골목까지 따라오던 긴 그림자 하나 담벼락에 붙어 있다

가난한 시인의 집 마당 술 취한 발자국들을
시인의 아내가 거둬들이고
시인들의 가슴 깊은 곳에서 퍼 올린 슬픔도 거둬들이고

김관식에 이끌려
조지훈과 미당 댁에 세배 다녔다는
함박눈을 비틀비틀 밟으며
자정 넘어 들렀어도
큰 술 또 꺼내놓던 미당의 환호작약!

큰대자로 김관식은 숙면에 들고
미당의 술자리는 더 길어지고

무명 이불을 덮어주듯 함박눈 내리던 날이었다
시간 저편의 아내에게 머리를 누인 듯
신경림 선생의 추억은 행복하고 또 슬프다
함박눈은 오늘도
가난한 아내와 살던 산 1번지를 덮고 또 덮고 있으리라

함박눈처럼
다 흩어지고 또 남겨진 것들

"오백 하나 더!"
"오백 하나 더!"

느지막이 오는 것들

이름도 성도 얼굴도 다른 쓸쓸한 것들이
이 늦가을 저녁
이 도시의 낙엽들과 함께 뵈슨한다
쓸쓸한 것들은 다 느지막하게 온다
느지막이 느지막이 오는 것들

커다랗고 쓸쓸하게 생긴 낙엽이 또 집에 있었다
두 손으로 앙가슴께 움켜쥐고 있던
집사람은 쓸쓸한 낙엽 한 장 간신히 가리키듯
가슴께를 좀 밟으라고 하였다
가로수 아래 낙엽을 밟는 것도 아니고
어떻게 사람의 가슴을 밟느냐고!

지난해 하얼빈에서 일행들과 함께
한 잎 한 잎 낙엽처럼 누워
중국 소수민족 여인들에게 발 마사지 받던 게 생각나서
가슴을 밟는 대신

집사람의 발바닥을 여기저기 주물렀다

오늘도 종종걸음으로 뛰어다녔을 집사람의 발바닥도
그 가슴께 못지않게 아플 것이다
발바닥은 본디 몸의 축소판이라 하였으니
발로 꾹꾹 밟으라는 가슴께도
여기 어디쯤일 것 같아
여긴가, 여긴가, 더듬더듬 발바닥을 주물렀다

집사람은 꼭 가슴께만 아픈 것도 아닐 것이다
발바닥을 주무르다 보니
낙엽 한 장이 내 가슴께 붙어 있는 것이다
쓸쓸하고 또 슬픈 것들은 다 가슴께 붙어 있다
느지막이 왔다가 가지도 않는 것들

도봉산 물소리

바람소리 좇아
물소리 좇아
지넉 별 한 무리 슬몃 내려선 도봉산 어귀!

산모퉁이 그림자 길게 드리운
김수영 시비 앞에
어느 산 중턱에서 내려놓은 저녁 범종소리

시비 어깨 한쪽에 기댄 채
그대로 시든 안개꽃도
두 묶음 조화(造花)도 범종소리에 흔들리다
마침내 풀 옆에 눕는다

어둠 내린 산중에서 막 빠져나온 물소리
그 끝자락에 걸터앉아
우연히 듣던 중저음 남성 라이브 삼중창

'바위고개 언덕을 혼자……'
'옛날의 금잔디 동산에……'
'엄마가 섬 그늘에……'

삶의 무게가 내 나이쯤 되었을까?
가슴 높이 맥주잔 든 내 나이 하나
물소리에 취했는지
나무젓가락으로 지휘하던 또 하나
한쪽 바짓가랑이 말아 올린 내 나이쯤 또 하나

무슨 노래 더 부를까
물소리에 얹힌 게 어디 노래뿐이랴
노래에 얹힌 게 어디 외로움뿐이랴

물소리도 취했는지
자꾸만 내 무릎 쪽으로 붙어 앉아 중얼거리는
이 낮고 깊은, 잡음도 잡념도 없는

어젯밤 노래방 같이 갔던 시인들은 어디로 갔을까

그건 그렇고 언제 우리 또 만나랴 담배 한 대 더 피우고 헤어지자 12시 29분 청량리행 기차 한 시간 남았고 소설가 김도연과 담배 더 피울 수도 없고 방금 그가 가리키던 역전 골목길을 기웃거릴 수도 없고…… 여기서 거돈사지 멀지? 죽기 사나흘 전에 가도 돼요!…… 형 올라가요 바쁜데 공연히 붙잡았네…… 대합실 의자에 앉았다 이 외로움을 어떻게 하면 덜 외로워 할 수 있을까

아마도 간밤에 마신 술 탓이었을 거야 표 끊을 때 원주역 창구 여직원 앞에서 이쪽은 소설가 이쪽은 시인…… 우린 지금 떠도는 중…… 김도연과 헤어지고 나서 다시 창구 앞에 다가갔어 식전에 받은 내 신작시 두 편 실린 『강원작가』 17집을 그 여직원 앞에 쓱 내밀었어…… 대합실 의자에 다시 앉았어 이 외로움을 어떻게 하면 더 외로워 할 수 있을까

망대골목

—춘천시 약사동

당신의 마른 어깨가 겨우 간신히 지나갔을
연탄재 뿌려놓은 긴 골목길
나직한 기침소리가 그곳에서 들려오고 있었다
슬몃 담장 너머 들여다본
빈집 처마 아래 쌓아놓은 몇 권의 책
처마 낮은 집 혹시 저 어둑한 문간방?
그의 그림처럼
기대슈퍼 앞에 앉아 있는 노인들에게
"화가 박수근 살던 집을 아시오?"
"여기 오십 년 살았는데……"
"수근이가 여기 살았나"

막노동으로 지친 어깨의 무겁고 긴 그림자
겨우 간신히 오르던 골목길 한 컷!
더 이상 망을 볼 수도 없는 케케묵은 망대
개 짖는 소리
그래도 망대가 당신을 내려다보고 있었다

제2부

황홀한 들녘

—광릉수목원 김종삼 시비

'내용 없는 아름다움'
이끼 낀 시 한 구절 발끝에 묻어둔 시비 앞에 섰다
황량한 들녘,
기댈 곳 하나 없이 발 딛지 않고 떠 있던 곳

보일 듯 말 듯 희끗한 눈발 몇 낱알 떠돌고 있었다
낙화유수
등 뒤에서 흐름흐름 뜨악하게 울다 만 딱새 하나
이름 모를 아름다움

더 울지도 않고 더 울 것도 없는 긴 세월 수목 사이
서로 침묵만 또 주고받을 것이다
뭇새도 눈발도 울음도 들녘도
더 흐릴 때까지 더 저물 때까지

이제 발끝에 적막을 묻어도 좋다
이제 발등에 어둠이 쌓여도 좋다

한섬

—동해시 천곡동

세월보다 낚싯대를 더 믿는 낚시꾼이 있었다
"황어도 놀래기도 잡혔는데……"
"……"
삶의 한기(寒氣)를 견디는 무료함
삶의 무료함을 견디는 이 한기

이미 낚시 떡밥은 떠내려간 지 오래
황어도 놀래기도 놀다 간 지 오래
입질하는 거라곤
수평선에 남은 한 자락 석양뿐
새하얗게 파도를 뒤집어쓴 흰 갈매기 떼
뒷덜미를 잡아챈 기억에 붙들려

지도에도 없는 길을 따라 너무 깊이 들어왔다
무심코 들어선 길을 따라 너무 멀리 왔다
내 꿈에 없던 시간을 따라 너무 오래 왔다
지금 내가 바라보는 하늘을 묻지 마라

한 번의 날갯짓으로 한순간 날아갈 뿐이다

파도는 파도만 무너뜨릴 뿐이고
낚시꾼은 낚시만 쳐다볼 뿐이고
고기잡이는 고기만 잡을 뿐이다
갈매기는 날기만 할 뿐이고
수행자는 수행만 할 뿐이고
기억도 추억도 사랑도 다시 돌아오지 않는다

한섬에 가면
한나절 다 되어 빈손으로 돌아서도 부끄럽지 않다

김수영 무덤에 관한 기억

1.

깊은 생각에 빠져 있는 그대의 풀을 다시 찾았다
사랑 때문에 흔들리지 않겠냐고
그대 풀에 기대어 또박또박 읊조렸을 것이다
소주 한 병은 그대 풀 위에 가지런히 눕혔고
또 한 병은 내 가슴에 눕혔다
술병을 내려놓다
시비에 깊게 패인 글자를
손끝으로 득득 긁으며 점자 읽듯 읽었다
'풀이 눕는다'
손끝이 풀에서 자꾸만 멈추었다
생풀 몇 올 뜯어 씹었을 것이다
그대의 풀을 한 움큼 움켜쥐었다 다시 내려놓다
'풀을 내려놓다'
그대의 풀은 더 흔들리지 않을 줄 알았는데……

생전에 그대 앉았을 법한 툇마루 끝에 앉아

그대의 조카인 젊은 문학도와
그대의 풀과 가계와 김수명(金洙鳴)을 말했다

2.
깊은 생각에 빠져 있는 그대의 풀을 다시 찾았다
그대의 풀을 찾던 그런 마음을 이 들녘
어디에서도 다시 더 찾을 수가 없었다
시도 없고
시인도 없고
시비도 없고
풀들이 입술을 깨물며 흐득흐득 흐느끼기 시작했다
그대의 풀은 결코 울지 않을 것 같았는데……

김종삼 시인학교

교과서는 없고
출석부는 있어도 출석을 부른 적도 없었다
볼프강 아마데우스 모자르트 모르면
세잔을 모르면
김관식 모르면
주먹 쥔 손으로 교탁을 탁탁 치거나
혀끝을 쯧쯧 차던 시인학교

늦은 저녁 선생이 잠시 머물던
길음동성당 앞마당 벤치
비를 피해
성당 안을 들여다보면
웅크리고 앉아 등만 내보이는
소설가 방인근
화가 이중섭
작곡가 윤용하

그리고 어린 딸애가 장님 애비의 소맷자락을 끌어당기던

청계천 10전(錢)짜리 그 밥집 너머

김수영과 마주 앉아

술잔 나누던 종로 3가 생선구이 집 너머

눈물도 바짝 말라붙은

레바논 골짜기

못이라도 박으면 금세 무너질 것만 같은

폐교된

김종삼 시인학교

영화 〈시〉 속의 시

노래방에서 윤정희 혼자 노래 부를 때가 시였을 거야
한낮에 흐린 들판에서 맨몸으로 비 맞을 때
샤워기 틀어놓고 두 손으로 얼굴을 감싸고 울 때
손주와 함께 저녁 하늘 향해 배드민턴 칠 때
서울 병원 갔다 오다 차창 밖 내다볼 때
시 강좌 수강생 평균연령 짐작될 때
슈퍼에 찾아가 3층 열쇠 달라고 할 때
김희라 앉아 있는 욕조를 향해 들어서면서
욕실 문을 비장하게 닫아버릴 때
그 집 벽에 걸린 그 아이 사진을 돌아볼 때
성당에 들렀다 급히 되돌아 나올 때
시신 떠 안고 느릿느릿 흐르던 남한강 어디
부산 딸 오기 전 비워 논 남의 집 같던
시 한 편의 그림자만 웅크리고 있던
어둡고 빈 집

맨발의 청춘

흑백시대 당신의 흑백영화처럼
세상 뜰 때
당신은 또 조연이었더군요
이 세상 그 많던 주연은 어디에 있는지
삼베 수의(壽衣)도 관두고
즐겨 입던 청바지 입히라고 했더군요
삼일장 하고 발인 날
운구할 이도 부족하여
동행 취재하던 기자도 깜짝 출연했군요
어느 길에서도 돌아보지 말아요
돌아보아도 청춘도 인생도 맨발뿐이죠
주연도 조연도 맨발의 청춘
고(故) 트위스트 김*

---

* 트위스트 김(1936~2010): 본명 김한섭. 부산 생. 출연작 〈맨발의 청춘〉 등.

희망 캠프

당신들은 꽃이었는가 나무였는가
혹은 풀이었는가

칠레 북부 산호세 지하 622미터 광부들은 알았을까
당신들을 포기하지 않겠다는 대통령의 약속과
구조용 캡슐 '불사조'가
빨간 파란 하얀 칠레 국기 색이었다는 걸 알았을까

산체스 씨의 한 살배기 딸 에스페란사(희망) 사진과
예순 살 고메스 씨 연서를 실어 나르던
캡슐의 애칭이 '비둘기'였다는 것도 알았을까

'희망 캠프'에 지피던 모닥불과 담뱃불로
희망의 불꽃 간신히 가물거리던 긴 어둠의 끝에서
33인 중 첫 광부 귀환할 때
'치치치 레레레' 경적 소리……
이보다 더 아름다운 교향곡을 들어보았을까

622미터 땅 속에서
마지막으로 구조 캡슐에 오르던 광부도
가슴에 천천히 성호를 긋고
파블로 네루다의 시 한 구절 더듬더듬 읊조렸을 것이다
시 한 구절이 기도가 되는

당신들도 포기하지 않는
우리들도 포기하지 않는

너무 먼 곳에 있는 나라

너무 먼 곳에 있는 나라
대통령의 소박한 꿈은
사랑하는 사람의 손을 잡고 해변을 거니는 것이라니!

2010년 2월 27일 새벽 남미 8.8 강진
새벽까지 지진 업무를 봤다는
퇴임 열흘 전쯤 칠레 미첼 바첼레트 대통령

누구나 지나가다 들를 수도 없겠지만
누구나 지나가다 들를 수 있을 것만 같은
산티아고 어디 담장도 없다는 대통령궁
국방부 장관으로 일할 땐
세 자녀 아침밥을 손수 챙겼다는 싱글맘

과거 피노체트 군사독재 시절
친정아버지가 고문으로 끝내 숨졌지만
아무도 그 과거를 잊은 것도 아닌데

그 땅에서 어둡고 힘든 삶을 살아도
그 땅에서 어둡고 힘든 삶을 살지 않는
소아과 의사 출신 대통령

오늘 밤엔 칠레산 돼지고기를 구워놓고
칠레산 포도주를 홀짝홀짝 마시고 싶다
꿈속에서라도 한번 소박한 대통령을 만나고 싶다
그러나 칠레 해변은 너무 먼 곳에 있다

너무 아픈 낙서*

경기도 가평 현리 동네 담벼락마다
누군가 어떤 여자 이름을 또박또박 써 놓았다
최미영 최미영 최미영
지우고 나면 또 쓰고 지우면 또 쓰고

바람이라도 불면 이름이 날아갔을까
비라도 내리면 이름이 흐려졌을까
누군가 이름을 몰래 지울지도 몰라
바람 부는 창밖을 자꾸만 내다보았을까

이름을 지우고 또 낙서를 지워도
다음 날 또 담벼락을 가득 메우던
너무 고약하고 아주 얄밉던 낙서

드디어 주민들이 담벼락 뒤에서 소년의 목덜미를 잡았다
"……"
"많은 사람들이 엄마 이름 불러주면……"

"엄마 병이 나을 것 같아서……"
동네 어디든지 맘껏 어미 이름을 쓰라고
주민들은 소년의 손에 분필 한 움큼을 쥐어줬다

간신히 담벼락에 붙어 있던 어미의 이름은
사람들의 가슴에서 또 입에서
한 마리 새가 되어 날아올랐다
가슴 높이의 담벼락이
소년의 하늘 전부였던 것처럼

---

* 『서울신문』 2010년 12월 28일자, 9면 「담마다 아픈 엄마 이름…… 경찰 울린 '꼬마 낙서범'」에서 참고함.

오후 세 시

오래전 시를 읽던 그 처녀들은 다 어디로 갔을까

토마토 수박 가득 실은 리어카 한 대
동네 미장원 골목을 느릿느릿 지나가는 멋멋한 오후
미장원서 시집을 읽던 핼쑥한 중년 여자

문학소녀였던 그네들은 어디서 무엇을 하는지
아파트 평상에 모여 앉아 뜨개질 하는지
콩나물 다듬다 친정 엄마 생각에 고개를 돌리는지
장독소래기 닦다 햇살 좋다고 말을 붙이는지
젖은 빨래를 탁탁 털어 빨랫줄에 너는지
동네를 떠돌던 도둑고양이 먹이 갖다 주는지
사무실 딱딱한 의자에 앉아 커피 마시는지

불쑥 찾아왔던 당신이 꾹꾹 밟고 돌아서던 발자국
유리창 밖으로 스쳐가던
지워지지 않던

11월의 이방인

호프집 입구에서 살아 있는 또 하나의 바람을 만났다
그가 바람처럼 휘날리며 할(喝)하다
"난 취했어! 산에 갔다 한 잔 했어!"
11월 어느 문학상 뒤풀이 술자리에 끼어들었다

하룻밤에 술집 여자한테 생돈을 다 갖다 바친
그리스인 조르바처럼
바닷가에서 비를 흠뻑 맞으며 느린 춤을 추던
그 쓸쓸한 영혼 같던
그도 뭇바람이었을 것이다
그도 '자유'였을 것이다
빈 주머니였을 것이다 바람들이!

떠돌다 헤매다 막춤이라도 한 번 출까? 혹 말춤?
"나도 취했어! 밖에서 한 잔 했어!"

물 한 컵

지하철 움푹 팬 의자에 누가 물 한 컵을 흘리고 갔다
지하철 흔들릴 때 물 한 컵도 흔들리고 있었다
물 한 컵 때문에 아무도 의자에 앉지 않았다
몇 정거를 지나서 곱게 늙은 할머니 한 분이
물 한 컵 옆에 앉아 휴지를 꺼내 물을 훔쳤다
할머니는 누군가를 위해 의자를 닦고 닦았다
한 정거를 더 지나 물 한 컵 있던 그 자리엔
애기 엄마가 앉아 젖먹이한테 젖을 물리고 있었다

아주 오래된 젊은 날, 세상과 거리를 두고 살 때
강원도 왕산면 대기리 두메산골에서 야학을 하다
아이들 눈가의 눈물을 바라보며 내려오던 날
안개 속 교사(校舍) 뒤편 함석집 툇마루 할머니가
우물물 한 바가지를 권했지만 목부터 메었다
나는 그 높고 또 깊은 곳에서 훌쩍 내려와서
이 낮고 얕은 곳에서 미적미적 사는 것 아닌지
시속 100킬로로 달려가는 길에서

물 한 바가지 간혹 흔들리는 물 한 컵 때문일까
물 한 컵 속에서
나를 찾으려 해도 찾을 수가 없다

큰 쇼핑백을 든 젊은 여자

큰 쇼핑백을 든 젊은 여자가 불쑥 내 앞에 다가왔다
어떤 여자가 내 앞에 다가온 것도
어떤 여자 앞에 내가 다가간 것도 오래된 일이었다

등록금 마련하려고…… 좀 비싸지만……
자이리톨 껌 한 통 3천 원 손수건 한 장 2천 원
커피 방향제 한 묶음 4천 원
칫솔 세 개 한 세트 5천 원 구두 깔창……
그 여자는 쇼핑백 속에서 하나하나 꺼내놓았다

방향제 묶음 뜯어 하나만 사려다 그만뒀다
그 여자는 걸음을 떼지 않고 내 앞에 있었다
빽빽한 침묵도, 빽빽한 시간도 흘렀을 것이다

여자는 천천히 주섬주섬 쇼핑백에 물건을 되담았다
나도 무언가 천천히 주섬주섬 되담았을 것이다
문득 그 여자보다 내 얼굴이 더 복잡했을 것이다

삶이란 것도 한순간의 마음 씀씀이일 텐데
시도 사랑도 한순간의 마음 씀씀이일 텐데
급히 돌아보았다 그 여자도 쇼핑백도 보이지 않았다
돌아보면
그 여자도 쇼핑백도 나를 뚫어지게 돌아보는 것 같다
다시 빽빽한 침묵과 빽빽한 시간이 흐를 것이다

방금 팔꿈치로 툭 쳐서
쏟은 종이컵 커피 같은

"어머니! 사진부터 찍어야죠!" 어머니 팔순 잔치 기념사진 찍기 직전, 한 두어 걸음만 더하면 당숙모와 손 맞잡을 순간! 뭐가 그리 급했을까 오랜만에 손 마주 잡겠다는 걸 왜 굳이 말렸을까

어머니 한 두어 걸음만큼, 그 되돌아오는 시간만큼, 더 빨리 사진 찍고 더 빨리 식사하고 더 빨리 술 마시고 더 빨리 끝났다고 해도 그만큼 더 늦게 끝났다고 해도, 버스 놓칠 것도 아닌데 왜 한 두어 걸음 기다리지 못했을까

되돌아오는 어머니의 느린 걸음을 스마트폰으로 다시 보면서 손등으로 이빨을 툭툭 치다가 이빨로 손등을 콱 깨물었다 생각에 빠지면 중생이요 지금 이 순간! 있는 그대로 알아차리면 부처다! 나는 중생이요! 나는 부처요! 방금 팔꿈치로 툭 쳐서 쏟은 종이컵 커피 같은

돌아보면 아무도 없는
주먹 눈 내리는 골목길 끝에

돌아보면 아무도 없는 주먹 눈 내리는 골목길 끝에 그가 있었다 느닷없이 눈을 뭉쳐 주먹만 한 눈을 나한테 던지던 그가 거기 있었다 어느 일요일 하숙집을 불쑥 찾아와 델몬트 오렌지 주스 한 병을 놓고 돌아서던 오렌지 빛 같던 그가 거기 있었다 오렌지 주스 옆에 금성출판사판 미술문고 『마티스』도 놓고 갔다 마티스를 펼쳤을 때 〈서 있는 오달리스크〉를 빼닮은 그가 하숙집 앞에 서 있었다

하숙집 앞에 서 있던 오달리스크가 어느 여름 오후, 야한 그림처럼 내 앞에 다시 나타났다 인연은 한 번밖에 오지 않는다는 거! 세월을 다 탕진한 후에 깨달았다 한 번밖에 오지 않는다는 그 인연이 바로 그 순간 그때였던가 이젠 내가 눈 내리는 날이면 주먹만 한 눈을 뭉치다 그냥 내려놓는다 돌아보면 아무도 없는 주먹 눈 내리는 경상북도 안동시 안흥동 어디 골목길 끝에

한 남자를 위해

—영화 〈리스본행 야간열차〉

다 두고 빨간 코트만 든 채 저 기차를 탈 것인가
교실도 학생들도 체스도 잊고
일정에 없던
기차를 타고 야반도주하듯 야반도주할 수 있을까
타관의 여관에 들어
몸집이 큰 붉은 치마 같은 커튼을 들추면
바다가 보이는 그런 방에서
허구한 날 완전 딴사람으로 살 수 있을 것인가
아예 돌아갈 길을 끊고
휴대폰도 끊고
책 한 권 손에 든 채
리스본 어두운 골목 거기 거기서 살 수 있을까

저 여자와 함께 차를 몰아 국경을 넘을 것인가
병원도 친구도 레지스탕스 조직도 잊고
여동생도 잊고
국경을 넘어 비무장지대를 넘어

한 여자를 위해
한 남자를 위해
바다가 보이는 언덕 위에서 살 수 있을 것인가
자기 자신을 향해 걸어가듯
자기 자신을 외롭게 하듯

—저 기차를 탈 것인가 저 언덕을 넘을 것인가

제3부

그대와 함께

—방학동 김수영문학관 근처 포장마차에서

누군가와 함께 한 잔씩 걸치고 있었지만
그대와 함께 한 잔씩 걸치고 있었다
깊은 밤 누군가의 집을 지나가듯
깊은 밤 그대의 문학관 앞을 지나갔다
누군가와 함께 포장마차에 들어갔지만
그대와 함께 포장마차에 들어갔었다
누군가 옆에서 한잔하고 있었지만
그대 옆에서 한잔하고 있었다
누군가와 함께 노래를 불렀는데
그대와 함께 노래를 부르고 있었다

—시인 김종삼이 그렇게 싫어했다는데
그대는 왜 사람을 그렇게 뚫어지게 쳐다보았는가
—그대는 무엇을 또 그렇게 뚫고 싶었는가
가식이거나 삼팔선이거나

표암의 노인관수(老人觀水)*

노인관수
다 져버린 듯 잊은 듯 내려놓은 꽃나무 하나 친구 삼아
바위에 털썩 걸터앉아 이쪽 세상보다
저쪽 아래 강기슭의 물을 바라보는
당신은 노인인가 시인인가
아침저녁 조금씩 다르던 날씨도 잊고
물에 몽땅 던져버릴 것 같던
아무것도 더 기억하지 않을 것 같던

"등 뒤 나뭇잎 다 떨어뜨릴 때까지 있는 힘을 다해 외로움을 떨고 또 떨 것이오!"
"다 떨고 나면……"
"물을 천천히 마셨다 또 뱉을 것이오!"
"다 뱉고 나면……"

믿을 것도 또 못 믿을 것도 없지만
나도 천천히 좀 살다가 늙어지면

원통사 중턱 중바위에 앉아 이 물을 마셨다 뱉을 것이오!

"물소리 어둡진 않던가?"

"물빛을 볼 것이오!"

"한 발짝이라도 물에 들여놓을 거 아니면 산문(山門)을 닫아버릴 것이오!"

"산문을 닫으면……"

"물을 또 뱉으시오!"

"웩!"

---

* 표암 강세황(1713~1791): 조선시대 후기 화가.

조지 스카룰리스의 〈잊힌 노래〉를 들으며

조지 스카룰리스의 〈잊힌 노래〉에 한 발짝 더 다가가면
멀쩡한 길도 곧 잃을 것 같다
길을 잃고 헤매다 아예 길을 버릴 것 같다
조지 스카룰리스 처음 만나던 날
차도 길도 피아노도 나도
그저 시속 60킬로였는데
피아노 한 마디 한 마디가 가슴 언저리 한 마디 한 마디
였다
피아노 언저리 더듬었는데
무슨 말을 또 떠듬거려야 할까

그리스계 미국인
피아니스트 겸 작곡가
동부 애틀랜타 거주
그의 피아노가 아무 말도 않듯
피아노만 아슬아슬 남겨 논

더 깊어지는 더 낮아지는 피아노 한 마디 한 마디!
더 어두워지면?
더 슬프면?
슬픔은 슬픔밖에 어둠은 또 어둠밖에 남지 않을 것이다

불현듯 내가 나를 콱 쥐어박을 것 같던
시속 0킬로!
이제 먼 곳을 쳐다보지도 돌아보지도 않을 것이다
이런 오후 어디 가서 소맥이라도 한잔하든가
친구를 만나 천변을 걷든가 잡담을 하든가
그도 저도 아니면 턱을 괴고 앉아 나를 쳐다볼 것이다
요새 내가 어디 있지?

금연

담배를 끊고 나서
왼손은 하릴없는 백수가 되었네
동네 목장갑 가내공장 앞마당에서
점심 먹고 배드민턴을 치던 직원들처럼
아무 사연도 없는 허공을 쳐다보곤 했었지

오징어도 과자 부스러기도 찾다가
비 오는 무수천 둑길도 거닐다
담배 피우는 동료의 담배 연기도 찾았네
녹차 몇 잔 들었다 내려놓아도
어디 담배 찾던 왼손만 할까

왼손이 할 일을 잊고 사는 거 아닌지
젊은 날 한 손엔 담배를 태우고
한 손엔 문학청년을 살던
더 이루어질 수도 없는 사랑 때문에
허공을 향하던 왼손 아니었나

왼손으로 다시 턱을 괴었다 또 목덜미를 긁었다
내 이마를 되짚어보아도
더 만나지도 못하고 헤어져야만 했던 인연 같은
낮달만 덩그렇게 떠 있던 허공을 쳐다볼 뿐!

단풍 소식

빨갛게 익은 단풍 한 잎을 책갈피에 넣었지
빨갛게 익은 단풍 한 잎을 편지 봉투에 넣었지
빨갛게 익은 단풍 한 잎을 마음속에 담았지
가장 낮은 곳에
가장 깊은 곳에

아직 마르지 않은 단풍 한 잎 『운문록(雲門錄)』 갈피에 끼우면서
잘 마른 운문 한 잎 만났지

"죽 먹었느냐?"
"먹었습니다"
"발우(鉢盂)를 씻어라!"

쪽동백나무

언 발밑에서 한 철 한 호흡 가다듬던 물소리
네 발자국인가 내 발자국인가

눈 내린 긴 돌계단에 조심조심 발을 올려놓던
헐렁한 배낭 짊어진 앳된 수도승
말을 건네기조차 어렵던

길에서 검객을 만나면 칼을 뽑아야 하고
시인이 아니면 시를 바치지 않는 법이다*

누군가 허공 속의 쪽동백나무를 꺾어 내 앞에 툭 던진다
어느 길에서든 내 것만 내 앞에 올 것이다
동백을 보았는데 동백이 없다
시를 읽었는데 시가 없다
네 공(空)인가 내 공인가

---

* 路逢劍客須呈劍 不是詩人不獻詩:『운문록』 상권 29칙 중에서.

달빛 그늘

빈집만 남은 월색동(月色洞)을 아는지
달빛 계단과 담뱃집 연탄집 사이
닭 모가지 잡아 비틀던 생닭집도
저 어둠과 슬픔과 설움과 그늘도
달빛에 무너지고 달빛 그늘에 주저앉았다

연탄집 하나만 빼놓고 몽땅 무너뜨린
달빛도 그늘도 연탄집도 수상한 동네였다
사람들이 살던 불빛을 다 무너뜨리고
빈집에 들어가 벽지처럼 붙어 있던
어둠과 슬픔과 설움과 그늘을 쫓아내고
마침내 달빛이 평정한 달빛 마을 아는지

달빛을 믿는 사람만 달빛을 아는 사람만
아무것도 아닌 달빛을 조금씩 조금씩 잊을 것이다
가다 걸음 멈추던 철거민만
우두커니 달빛 쳐다보던 월색동을 아는지

당신의 집

마을버스를 두 번 갈아타고 가면 당신의 집이 있다

툇마루 밑의 섬돌도 당신을 기다리고 있다
저녁이면 반쯤 열어놓던 모서리가 닳은 창문도
당신이 끌어당기던 앉은뱅이책상 서랍 속
요절한 시인의 오래된 시집도
그 책갈피 어디 바짝 마른 네 잎 클로버도
당신을 기다리고 있다

마당가에 있던 목련나무 뒤의 매화를 바라보며
당신은 생각하였을 것이다
매화는 늙으면서 비로소 매화가 되어간다고

차 한 잔 앞에 놓고
그냥 이렇게 산다고

노시산방

범우문고 『근원수필』* 속의 빈집 하나
노시산방
산방 주인은 이제 없다 남쪽에도 북쪽에도
다만 남쪽에서 살 때
심한 가뭄에 물을 사다 기르던
늙은 감나무 이삼 주(株)만
어수룩한 백면서생처럼 마당에 서 있던
노시산방

저 빛바랜 서울의 어느 갈피쯤이었을까?
혹 성북동 수연산방 그쯤?
재개발에 얹힌?
그 댁을 잠시 맡았던 수화(樹話) 선생도 없으니
누가 알까

감나무 가지 끝을 때까치가 흔들어도
누가 알까

마루 끝에서 그가 오랫동안 바라보던
그곳은 또 어딘지

---

* 김용준(1904~1967)의 수필집. 경북 구미 생. 화가이자 미술평론가이며 수필가. 호는 근원(近園)이며 6·25 동란 중 부인과 함께 월북. 작품으로는 〈수화소노인가부좌상〉(1947) 등.

아버지의 국수

아버지는 국수를 잘 끓이셨다
아버지의 국수는 간식이나 야식이 아니라
한 끼 정식이었다
나는 아버지와 겸상하는 국수가 싫었다
고명이라곤 조선간장뿐이었던

아들 녀석과 점심으로 우동이나 끓여 먹자고 했다
라면처럼 끓이는 봉지 우동이었다
끓이는 것도 아니고 그냥 좀 익힐 뿐이었다
고명이나 양념 스프나 다 갖춘
그래도 뭔가 갖추지 못한

아무것도 갖추지 않은
아버지의 국수를 다시 한 번 먹고 싶다
우동을 다 끓였건만
더 끓여보아도
다시 끓여보아도

이제 아버지의 국수를 먹을 수가 없다
아직도 아버지의 국수는 끓고 있다

고(故) 신현정을 생각하다

—「빨간 우체통 앞에서」 운(韻)을 빌려

빨간 우체통을 보면 가슴이 빨갛게 달아올랐지만 돌아
섰다

시인의 사진을 슬몃 펼쳐보다 도로 덮어두었다

유고 시집을 읽다, 빨간 우체통 앞에서, 돌아섰다

몇 주 끊은 담배를 다시 더듬다 돌아섰다

시도 시인도 이렇게 모를 수가 있을까 마음이 복잡했다

이 시집도 마음에 좀 더 남겨둬야 할 것 같았다

부고를 받은 적도, 부고 한 줄 읽은 적도 없었다

깊은 밤 음복 한잔할까 하다 건너뛰었다

몇 줄의 약력을 읽다 고교 국어 교사 앞에서 멈췄다

모자, 사막, 고래, 난쟁이, 토끼, 빨간 우체통을 또 만나면

당신과 당신의 시가 생각날 것 같아 돌아섰다

빈집 홍시 하나

담벼락 반쯤 헐린 빈집에
혼자 사는 홍시를 누가 알고 있었을까
도봉동 예수교회 저녁 종소리
주말농장 가족 회원
무수골 8번 마을버스 승객은 알았을까

저 홍시 목 내놓고 사는 까닭을 몰랐을까
무량무변
쓸쓸함이라도 덜어낼 요량으로
거꾸로 매달려 사는 거 아닐까

아침저녁 일삼아 쳐다보던
이 빈집 노파의 초점 없던 눈망울이
곧 터져버릴 것 같은
홍시의 눈에 글썽글썽 맺히고

저 홍시 떠난 자리 누가 기억할까

까치의 허드레 밥이 되어
개밥이 되어
당신의 허기를 위해 따뜻한 기운이 되어 떠난 것을

네 생각 끝에 가라앉던 오솔길만 아니었으면
벽 틈새로 새어 나오던 풍금소리 아니었으면
도봉 너머 허공만 아니었으면
홍시 속은 새카맣게 탄 숯검정이 되었을 것이다

이 언덕 저 산마루에서 자꾸 밟히는, 밟으면 터질 것 같던
허공 한 점
노을 한 폭
빈집 한 칸
당신의 눈빛으로 보면 홍시의 눈망울을 기억할 수 있을까

무수골 물오리나무

무수골 물오리나무의 기둥뿌리가 흔들리고 있다

마을버스 종점에서 먼 곳에
지하철역에서도 먼 곳에
물오리나무가 말뚝 박고 산다
어디서부터 등 떠밀려 왔는지
네 등도 궁금하고 등 돌린 이유도 궁금하다

저 깊은 심산유곡도 아니다
저 높은 산정도 아니다
비스듬한 산기슭에 등을 기대고 산다
이 물소리 듣는 것도 낙이라면 낙이다
바람 쐬는 것도 낙이라면 낙이다

떠날 수 없는 나무들은 서로 다른 바람소리를 듣고 산다

가슴을 스치는지 등을 타고 흐르는지

식은땀인지 식은꿈인지
덜 꾼 꿈 남았는지
한쪽 팔뚝을 떨어뜨린
무수골 물오리나무의 기둥뿌리가 흔들리고 있다

등짐 다 내려놓고
등뼈만 남은
무수골 물오리나무도 제 발밑에 말뚝을 박고 산다
떠날 수 없는
이 세상의 나무들은 제 발밑에 말뚝을 박고 산다

종이배

"우는 자들과 함께 울라"

_「로마서」12장 15절

하루 지나 사흘 지나 열흘 지나
눈앞의 바다가 그렇게 먼 것도 처음 알았네
그 먼 바다로 가기 위해서
아비는 마침내 종이배를 띄웠네
이 세상에서 가장 힘없는 종이배였지만
아비는 작은 종이배를 띄웠네
그리고 두 손을 한 곳에 모아 기도했네
이 세상에서 가장 간절한 기도였네

그 먼 바다로 가기 위해서
종이배는 아비의 가슴에서 내려섰지만
아비의 기도는 아직 끝나지 않았네
이 세상에서 가장 긴 기도였네
그 먼 바다로 가기 위해서
아비의 가슴도 아비의 기도도 종이배가 되었네
마침내 아비도 작은 배가 되었네

종이배도 기도도 떠날 수 없었네

차마 더 갈 수도 없는 먼 바다였네
차마 떠날 수도 없는 바다였네
자꾸만 자꾸만 뒤돌아볼 것만 같아
차마 떠날 수도 없는 바다였네
동트는 바다의 아름다움을 잊었네
노을빛 바다도 이제 다 잊었네
어둡고 깊은 바다만 가슴에 남았네
무겁고 깊은 침묵만 가슴에 남았네

무겁고 또 복잡한 하루

굴원(屈原)인지 야부도천(冶父道川)인지 알 수 없지만
이웃집 노파에게 신작시를 읽어주고
흐르는 물에 시를 띄워 보냈다는
고사가 걸음을 멈추게 하던 하루였다
이웃집 노파는 문맹이었다는데……

오후 세 시 안국역 3번 출구 김치찌개집 유리창 밖과
여섯 시 대한문 앞 추모집회와
시청광장과
무교동의 그 소줏집도 생각할 것이다
식당 입구 쪽에서 돌솥비빔밥을 먹던
젊은 날의 시인 백석을 닮은 청년도 또 생각할 것이다

어느 노 작가와 필담을 나눴던 메모지 석 장 중에서
잃어버린 메모지 한 장을 생각할 것이다
무슨 말을 주고받았는지
사진을 찍을 때 무엇이 중요한가를 메모지에 썼고

그는 '눈'이 중요하다고 쓴 것 같고
나는 눈을 마음으로 알아들었다

대한문 앞에서 어느 시인을 만났고
어느 시인과 줄담배를 같이 피웠고
어느 시인이 시집을 건네면서
주머니에 잘 넣어두라고 당부했다
나는 이 시집을 잃어버리지 않기 위해 가슴에 넣었다
어느 시인은 악수만 나눴고
어느 시인은 소주 한 잔 더 하자고 나를 끌어당겼다

엘피판을 수만 장 갖고 있다는
술자리에 동석한 이에게
핑크 플로이드의 〈피어리스〉를 틀어달라고 했던가
아님 김정호를 틀어달라고 했던가
아님 〈단결투쟁가〉
나의 정신적 나이는 아직도 칠팔십 년대쯤 헤매고 있는

걸까

나의 음악적 나이도
열여덟 살 이후 한 살도 더 먹지 않은 걸까
슬프고 또 아픈 시절이다

소주를 입에 털어 넣으면서 며칠 전 탈고한 시를
또 고쳐 써야 할 것만 같았다
가난한 나귀가 될까
어느 시인의 추천사도 스쳐갔다
'시인이 되기 전에 짐을 진 나귀가 돼라'
나는 나귀의 꼬리를 잡고 있었다
그러나 나의 하루를 술잔에 털어 넣듯
또 천연덕스럽게 술을 털어 넣었다
무겁고 또 복잡한 술잔이었다

청계천변 고서점 거리를 걷다
재수할 때 정음사판 미당 시집을 샀던 집이

여기쯤일까 어딜까 생각하다
오늘 밤 내가 악수를 나눴던 시인들과
그냥 멀리서 바라보기만 한 시인들과
내가 우연히 무연히 쳐다보았던
열 시 방향의 저 먹먹한 달을 생각할 것이다

나는 오늘 흐르는 물에 시를 띄워 보낼 수밖에 없었다
그럴 수밖에 없었다

제4부

면벽 16

—몽돌

노원역 뒷골목 끝에 호프집을 차렸다고
초등학교 동창생이 문자메시지를 보냈다
어디서 살다 왔는지
무엇을 하다 왔는지
어떤 파도와 부딪쳤는지
어떤 바람에 넘어졌는지

이름도 잘 기억나지 않던
고등학교 동창생이 돈을 빌리러 왔었다
얼마나 먼 길을 돌아왔을까
얼마나 물어물어 왔을까
얼마나 발걸음을 돌렸을까
얼마나 고개를 떨궜을까

이렇게 또 구르고 굴러
어느 강어귀에서 고만고만한 몽돌로 다시 만날까

면벽 17

—천 원 식당

저기 저 식당처럼 늙으면 좋겠다
충남 논산 장터에 있는 욕심 없는 식당처럼
식탁 두 개
메뉴 백반 하나
손맛으로 간을 맞춘 여덟 가지 반찬
이십 년 끓여도 한결같은 콩나물국
백반 한 상 천 원
장바닥에 쪼그리고 앉아 찬밥 먹는 사람들을 위해
새벽 우유 배달하는 청년을 위해
푸성귀 다듬는 이들을 위해
공복의 장삼(張三) 이사(李四)를 위해
돈 생각 않는
칠십 넘은 보살 부부 식당

저기 저 식당처럼 늙으면 좋겠다
칠 벗겨진 낡은 간판도
잔나뭇가지에 가려

잘 보이지도 않는 천 원 식당
벽을 보면
눈 크게 뜨지 않아도 눈앞에 선선히 떠오르는

면벽 18

—어느 모자(母子)

다 큰 장정 같은 청년이
식탁 모서리에 긁히며
식당 식탁 사이를 왔다 갔다 되돌아서곤 했었다
어딘가 탈이 났지만
시퍼렇게 빛나는 청년이다

그의 동선을 따라
청년을 나직이 부르던 어머니의 목소리가 또 흩어진다
이 세상의 모서리란 모서리가 다 뭉툭해질 때까지

'저녁은 먹었나?'

저 어머니의 목소리가 내 가슴 언저리에 자꾸 부딪친다
자꾸 부딪치다 보면
내 가슴 언저리도 좀 뭉툭해질까

면벽 19

—물건과 침묵 사이

세월의 속도는 곧 지하철 속도였다 사내는 지퍼를 열고 물건을 꺼냈다 목도리 겸용 방한모였다 사내는 목소리를 더 높였다 소재도 좋고 3천 원만 받습니다!

사내는 한번 만져보라고 내 앞에서 물건을 꺼냈다 사내도 나도 어긋났다 그도 나도 물건 앞에서 어색하고 서먹했다 또 미동도 않는 침묵뿐이었다…… 7호선 더 타고 가면 적당한 소음과 속도와 물건과 시선이 어긋나던 사내를 또 만날 것 같다 큰 가방의 지퍼를 열고 물건을 꺼내던 사내

네 손에 꼭 쥔 물건을 보면
내 손에 꼭 쥔 물건을 보면

피었다 졌다 하는 꽃이 아니라
필까 말까 울까 말까 사이
물건은 물건 속으로 침묵은 침묵 속으로

면벽 20

—다 갖다 버리자

현금 4만 5천 원
운전면허증
신용카드
버마민족민주동맹(NLD) 한국지부 명함
노회찬 의원 점자(點字) 명함
명성황후 해원굿 보존회장 천복화 부적 한 장
지갑을
가버린 택시에 두었다

어디에도 끝내 내보일 수 없었던 문청 시절의 습작들
차마 더 붙잡지도 놓아주지도 못했던 여자
법정스님 길상사 마지막 밤
아직 지우지 않은 시인 김규동 선생 부고 문자메시지
성북동 간송미술관 표암 특별전
놓친

오늘 밤 지갑과 함께

까마귀 울음 흩어지던 무수골 계곡에 다 갖다 버리자
술 먹고 여기저기 전화하는 나쁜 버릇도
면벽한
이 벽면도

면벽 21

—원난성 모소족

다정한 웃음만으로도 남자 대접을 받는다는
중국 원난성 모소족을 아는지
술자리서 하던 허투루 웃음 말고
아무것도 계산하지 않던 웃음

시 한 편과 사진 한 장 청탁받고
벽에 등을 붙이고 디카를 향해
이렇게 웃어보고 저렇게 웃어보았다

"그냥 소리 내서 한 번만 웃어봐!"
"푸 하하!"
한 시간 만에 겨우 사진 한 장을 건졌다
아무것도 아닌……

세상은 언제 한번 웃을 일 있었는지
나는 또 언제 한번 웃을 일 있었는지
그곳에 가면 나도 웃고 살 수 있을까

면벽 22

—문답

장바닥을 떠돌던 이가 수도승을 붙잡고 물었다
세상이 왜 온통 힘든가
어떤 이유도 없다
수도승은 다시 길을 떠났다
또 다른 이가 그 수도승을 붙들고 물었다
세상이 왜 온통 어둡기만 합니까
낮은 밝고 밤은 또 어둡다
어느 청년이 토굴에 기거하던 수도승을 찾아갔다
그는 토굴을 돌로 묻어버렸다
어떤 이가 강가에 앉아 있던 수도승에게 물었다
저 물은 어디까지 흘러가는가
이 물을 따라간 도반은 아직도 돌아오지 않았다
또 다른 이가 길에서 수도승에게 물었다
비가 올 것 같은가
비를 피하지도 말고 비에 젖지도 마라
물소리도 빗소리도 어떤 청년도 수도승도 흘러갔다
그는 그곳에 없었고 그도 그곳에 없었다

면벽 23

—시를 기다리며

당시(唐詩)도 다시 꺼내 읽었고
『경허집』도 펼쳐보았다
일행들 몰래 빠져나와
빗속의 방학동 연산군 묘지에서도 너를 기다렸다
그도 시였다
그도 시인이었다

네가 어딘가 있을 것 같아
마을버스에서도 자꾸만 차창 밖을 내다보았다
지하철에서도 밖을 내다보았다
안산의 고아원이 무너졌다는
다 무너진 전단지를 읽으며 너를 기다렸다
갑자기 네가 나타날 것 같아
전단지 든 소년의 손에 동전 몇 닢을 건네려는 순간
그가 느릿느릿 지나가 버렸다
그도 시였다
그도 시인이었다

헛것이라 해도
시든 꽃을 들고라도
어두운 지하 주점까지 다 내려갔다 되돌아올 것이다
꽃이 시들더라도
술이 마르더라도

면벽 24

—오래전 작가회의 사무실에서 만났던 김태정 시인의 부음을 듣고

미황사 아래 어디
해남 송호리 어디

무릎께만 한 땅거미도 슬금슬금 기어들던
푸성귀 널어논 마당을 지나
어느 독거노인 집 건넌방에 겨우 세 들어 살던
깍지 낀 손을 풀었다 쥐던

흙바람 벽면에 툭 던져놓은
창 넓은 흰색 민모자 하나
낡고 허름한 추리닝 한 벌
텅 빈 액자 자국 하나
벽면에 홀로 남겨놓고

꼭 그렇게 떠나려고 했으리라
친구도 혈육도 세간살이도 통장 잔고도 집 한 칸도
어떤 소식도 없이

(……)

그녀는 그렇듯 떠났으리라

『물푸레나무를 생각하는 저녁』

그녀의 첫 시집이자 마지막 시집을 돌아보고

느릿하게 또 돌아보며

면벽 25

—천축사 무문관

허공에 흩어지던 산중 까마귀 떼 울음소리
긴 장막을 거둔 자리
큰 범종 같은 선인봉 아래
아! 도봉산 천축사

우연, 마주친 너무 환한 비구니 한 분
한 마디 건네는 게 속되고 불경스러울까 싶어
속과 탈속
마주 보며 합장만 하고, 염화미소

여기 무문관 어느 입산자 소식은
속을 떠도는지
탈속을 떠도는지

문과 무문 사이
속과 탈속 사이
어둑어둑 산등성이를 한 걸음 하던

거기 허공에 떠 있던 초승달

벽면엔

달빛이 밟고 간 달빛 자국만 남은

면벽 26

—그날 길동무 S에게

월정과 상원 사이
11월과 12월 사이
이별다리 섶다리 건너가는 바람소리 생각나는지

섶다리 발목께를 휘감아 돌던 물소리보다
더 낮은 바람소리
월정사 적광전 산사나무 이파리 떨어뜨린
11월의 바람!
꿈도 시도 다 떨어뜨린 뼈만 앙상하게 남은
꺼칠한 영혼 같은 거!

상원사 청량선원 앞마당을 포행(布行)하던
담장 너머 선지식 한 컷!
나도 한 철 잊고
그냥 선(禪) 하고 싶었다

벽을 향해

문을 향해
나를 향해
가만히 돌아보아도 벽도 없고 문도 없고 나도 없다

상원과 월정 사이 더 헤매도
오대산 비포장길 더 걸어도
저 산허리 껴안고 한나절 옆에 드러누워도
길을 버린
세상 한 모퉁이 이 길을 다시 시적시적 걸어보아도

선을 선지식을 다 털어놓아도 이 맨 순간!
—길은 없다!
—길을 떠나라!

면벽 27

—〈첼로를 위한 소나타 3번 A장조〉

그가 아직 귀가하지 않은 빈방에
베토벤이 풀어놓은 첼로를 위한 소나타 어느 한 악장!
울고 있는 한 여인의 등허리를 어루만지듯
울음을 참는 듯
첼로만 한 여자가 뒤에서 나를 껴안는 듯
한밤의 굵은 빗줄기 같은

첼로에 얽매이지 않는
여자에 얽매이지 않는
시에 얽매이지 않는
이것!
내 등허리 쓸고 가는 그러나 손끝에 닿을 수 없는 것

한 학기에 두 번씩 방을 옮겨 살던 시골 햇교사 시절
대학 동기 L선생 안동 자취방에서
내 가슴 언저리께 쓰윽 훑고 가던
1인을 위한 첼로 독주

아득히
더 먼 객지를 향하던 그곳은 진짜 어디였을까

첼로도 있고 여자도 있고 시도 있으며
그가 아직 귀가하지 않은 빈방에
베토벤은 있/없고
1인을 위한
첼로를 위한 소나타 한 악장만 빈 벽면을 향해

면벽 28

—쳇 베이커의 〈블루 룸〉*

머리맡에 에프엠 93.1 켜놓은 덕분에
오로지 목소리 하나만으로 비를 불러 모아 흩뿌리던
늙어 빠진 무당 같던 쳇 베이커!
드럼도 없고 트럼펫도 악보도 없이
어느 곳에도 기대지 않고
허공에 기댄 무반주 재즈

글 쓰는 친구들은 시를 찾아
정선에서 통영에서 와온에서 변산반도에서 떠도는데
머리맡에 라디오 하나 켜놓고
시 몇 줄 더듬다 보면
너의 목소리가 빈방을 떠돌던 어느 빗소리 같아
벽을 향해 누웠다 되돌아 눕곤 하였다

가만
이 빗소리를 다 들어보아도 비에 젖지 않을 것 같아
벽을 향해 앉아보면

쳇 베이커도
누군가의 먹먹한 가슴을 밤새도록 긁어 대는 낙숫물 같을 것이다
허공에 기댄 낙숫물도 무반주?

면벽이란 것도 허공도 빗소리도 낙숫물도 쳇 베이커도 죄다 관둔
벽면 거기 어디
무반주 재즈!

* 쳇 베이커(1929~1988): 미국의 재즈 음악가이며 트럼펫 연주자.

면벽 29

—벽지

순대국밥을 먹는다
오늘은 눈길 닿는 곳마다 돼지 내장 부속물 같다

벽에 납작납작 붙어 있는 '나랏말쌈미……'
이 벽지가 벽지 같지 않다
아 얼마나 많이 읽고 또 가르쳤는가
동굴 속 벽화 같다

옆에 경향신문을 펼쳐본다
신문이 동굴 속 벽화 같다
또 동굴 속 벽화 같은
'내 정신의 어여쁜 빤스……'라는 시 한 구절
어느 시인의 「목돈」이란 시였다
깊고 또 가까운 동굴 속 같다

이 동굴 속 흐릿한 벽화 한 귀퉁이가
하루해 넘어간 땅거미 같다

이 세상의 바지랑대 빨랫줄에 매달린
손바닥만 한 빤스도
손바닥만 한 벽화 같다

돼지 내장 부속물 같은 벽지를 뜯어 먹어도
배가 고프지 않을 것이다
컴컴한 세상 속 동굴 속에서

면벽 30

—적막과 고요 사이

딱딱 딱딱
도봉산 적막 자르는 딱따구리 소리

이 골짜기에서
제 몸만 한 구멍 하나 뚫으려고
딱딱 딱딱
한 울림 한 울림

가슴 속 한 곳만 콕콕 쪼아대던
딱딱 딱딱
내 몸에 소름 돋는 적막함이여

이른 봄 늦은 저녁
뚝뚝 부러지는 이 고요함 틈새
오롯오롯 돋는
생강나무 꽃 한 망울

이 산천 온갖 인연과 우연 사이
혼자 길게 휘파람 불던
천생 나그네, 나그네 새 하나

한 발짝 뗀 적막한 나그네 소리 너머
한 발짝 더 뗀
더 적막한 소리

해설 · 시인의 말

문학의 삶-되기, 삶의 문학-되기

김정남 소설가 · 문학평론가

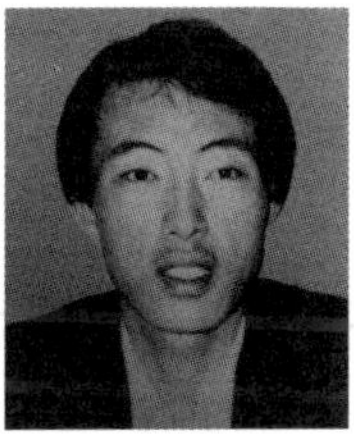

여기, 이 한 장의 사진. 강세환 시인의 첫 시집 『월동추』(창비시선 87, 창작과비평사, 1990)의 책날개에 실려 있는 사진이다. 대학시절 자취방에서부터 지금의 누옥에 이르기까지 이사에 이사를 거듭했던 25년 남짓한 세월 동안, 이 시집은 늘 나를 따라다녔다. 여기에 수록된 시편들—가령, 「나의 詩여, 술잔을 들라」, 「대기새마을중학교」, 「詩人學校」 등—이 전해주는 "의지의 순정성"(신경림 시인의 추천사 중에서)이 가슴을 뻐근하게 할 때면, 나는 이 투박하기 짝이 없는 사진 속 시인의 모습을 오래오래 바라보며 그 감흥을 음미하곤 했다. 초점 없는 눈동자, 벌어진 두툼한 입술, 뭉툭한 코, 덥수룩한 머리, 한쪽으로 기울어진 어깨……. 인위적인 연출을 통해서는 도저히 얻을 수 없는, 찰나가 포착한 시인의 모습 속에서, 그의 순실(純實)한 시혼을 겹쳐 떠올린 것이다. 이러한 그의 시정(詩情)은 자학만이 유일

한 무기였던 내 비루한 문청 시절을 견디게 해준, 앞서 간 선배의 후광 같은 것이었고, 이것이 내가 지금 이 시집에 해설이라는 사족을 붙이는 단 하나의 이유다.

시인은 문학이 미학의 영역 안에서만 탐닉될 수 없음을 몸으로 이해하고 있다. 이론적인 말을 굳이 붙이자면, "미학 안의 불편함"(자크 랑시에르)을 생득적으로 거부하고, "예술의 삶-되기"와 "일상적 삶의 예술-되기"를 위해, 지금껏 애써왔다는 얘기다. 이것이 그가 시작(詩作) 행위를 통해서 가닿으려 했던 미학적 지향점이고, 그가 자신의 문학 세계 속에 끊임없이 소환하는 김수영의 시가 거느리고 있는 사회적 의미망이기도 하다.

90년대 해체시의 언어 실험과 세련된 감성으로 치장한 도회적 서정을 넘어, 2000년대 탈서정에 이르기까지, 우리 시의 모습도 많은 변화를 겪어 왔다. 폭죽처럼 터져 올랐던 이러한 유행들의 사이를 그의 시는 어떻게 지나온 것일까. 단적으로 말하자면, 그의 시는 시류의 스포트라이트가 비추지 않는 자리에서 외로운 자기 구도의 길을 걸어왔다고 할 수 있다. 흔들리지 않는 고집스러운 그의 언어는, 첫 시집에 실린 그의 투박한 외모처럼 우직하다. 어리석고 고집스럽다는 것. 이것은 '쭉 빠지는' 멋진 시를 쓰는, 세상에 널린 레디메이드 시인들이 거느릴 수 있는 감성의 영역이 아니다. 몰라서 안 하는 게 아니라, 그런 속류 탐미를 거부하는 시인의 시심이, 그의 문학적 항심을 지탱해 왔다고 해야 옳다. 먹물들이 헛되게 꾸며 대는 관념의 언어들과는 달리, 그는 구체적인 현실의 지점에서 시와 삶의 회통을 모색해 왔다.

가령, 그가 주목하는 삶의 장면은 이런 것이다.

다 큰 장정 같은 청년이

식탁 모서리에 긁히며
식당 식탁 사이를 왔다 갔다 되돌아서곤 했었다
어딘가 탈이 났지만
시퍼렇게 빛나는 청년이다

그의 동선을 따라
청년을 나직이 부르던 어머니의 목소리가 또 흩어진다
이 세상의 모서리란 모서리가 다 뭉툭해질 때까지

'저녁은 먹었나?'

저 어머니의 목소리가 내 가슴 언저리에 자꾸 부딪친다
자꾸 부딪치다 보면
내 가슴 언저리도 좀 뭉툭해질까

_「면벽 18」 전문

다 큰 장정이지만 어딘가 좀 모자란 청년이 식당 안을 서성거린다. 살짝 탈이 난 그도 기실 "시퍼렇게 빛나는 청년"이다. 어디선가 그를 부르는 어머니의 목소리가 들린다. 식탁 모서리에 몸이 긁히는 아들을 부르는 그 소리는 "이 세상의 모서리란 모서리가 다 뭉툭해질 때까지" 나직이 흩어진다. 이어 화자는 말한다. "저 어머니의 목소리가 내 가슴 언저리에 자꾸 부딪친다"고. 그러다보면 내 가슴의 모난 데도 뭉툭해지지 않을까 한다고. 그 사이 화자는 "저녁은 먹었나?"라는 그에 대한 안부까지 잊지 않는다.

시가 도달해야 하는 지점은 어디까지인가. 시적 발견이 언어 미학 내부의 미적 가치로 머무르는 데 족할 것인가. 나는 미적 자율성을 무시하는 리얼리즘적 강박을 늘어놓으려는 것이 아니다. 적어도 문학적 동력이 나와 세계로 확대되고 그 역학 관계가 세상의 감각적 위계를 흔들어놓을 수 있어야 한다는 것이다. 그것이 문학의 윤리이자, 더 크게 말하면 예술의 정치성이다.

이 시에서 시인은 세상이 만든 정상(normal)과 비정상(abnormal)의 경계를 해체한다. 살짝 정신이 나간 것 같은 그 역시 번듯한 청년이라는 사실 앞에 아무것도 아니다. 더욱이 그가 한 어머니의 자식이라는 사실을 놓고 생각한다면 이러한 구분은 무색해진다. 그의 어머니는 세상 모서리를 모두 둥글게 만드는 나직한 목소리로 자식을 부른다. 여기서 시인은 마음속으로 그의 안부를 묻고, 더 나아가 자식을 부르는 어머니의 목소리처럼 자신의 모난 마음을 둥글게 연마하고자 하는 윤리적 지점까지 나아간다.

> 이름도 성도 얼굴도 다른 쓸쓸한 것들이
> 이 늦가을 저녁
> 이 도시의 낙엽들과 함께 퇴근한다
> 쓸쓸한 것들은 다 느지막하게 온다
> 느지막이 느지막이 오는 것들
>
> 커다랗고 쓸쓸하게 생긴 낙엽이 또 집에 있었다
> 두 손으로 앙가슴께 움켜쥐고 있던
> 집사람은 쓸쓸한 낙엽 한 장 간신히 가리키듯

가슴께를 좀 밟으라고 하였다
가로수 아래 낙엽을 밟는 것도 아니고
어떻게 사람의 가슴을 밟느냐고!

지난해 하얼빈에서 일행들과 함께
한 잎 한 잎 낙엽처럼 누워
중국 소수민족 여인들에게 발 마사지 받던 게 생각나서
가슴을 밟는 대신
집사람의 발바닥을 여기저기 주물렀다

오늘도 종종걸음으로 뛰어다녔을 집사람의 발바닥도
그 가슴께 못지않게 아플 것이다
발바닥은 본디 몸의 축소판이라 하였으니
발로 꾹꾹 밟으라는 가슴께도
여기 어디쯤일 것 같아
여긴가, 여긴가, 더듬더듬 발바닥을 주물렀다

집사람은 꼭 가슴께만 아픈 것도 아닐 것이다
발바닥을 주무르다 보니
낙엽 한 장이 내 가슴께 붙어 있는 것이다
쓸쓸하고 또 슬픈 것들은 다 가슴께 붙어 있다
느지막이 왔다가 가지도 않는 것들

_「느지막이 오는 것들」 전문

그리하여 그는 슬프고 아프고 고되고 괴로운 "공복의 장삼(張三) 이사(李四)"(「면벽 17」)들을 응시한다. 그 지점이 바로 그의 시의 윤리적 기율 혹은 정치적 최종심급에 해당한다. 시인은 이들의 삶 속에서 성찰의 준거를 찾고 이에 비추어 시의 존재 근거를 찾는다. "쓸쓸한 것들은 다 느지막하게 온다"는 진술을 보자. 바야흐로 이 휘황한 시대는 속도의 미학으로 결정된다. 멈출 수도 없는 문명의 폭주 기관차에서 우리는 모두 워커홀릭이 되어 맹목적으로 일해야 한다. 노동이 근로의 개념으로 끊임없이 장려되고 권장될 때, 우리는 알지 못하는 사이 스스로를 착취하게 되며, 자본은 이들의 자발적 경쟁을 통해 비육되기 마련이다. "이름도 성도 얼굴도 다른 쓸쓸한 것들"이 늦가을 저녁 "도시의 낙엽들과 함께 퇴근"하는 모습을 상상해 보라. 어디가 아픈지도 모르면서 이 자본의 정글 안에서 스스로를 지키고 또 누군가를 먹이기 위해 아득바득 살아가는 우리들 말이다.

그 "커다랗고 쓸쓸하게 생긴 낙엽"이 집에도 있다. "두 손으로 앙가슴께 움켜쥐고" "쓸쓸한 낙엽 한 장 간신히 가리키듯" 가슴을 밟아달라고 말하는 화자의 아내다. 그는 길거리의 낙엽도 아니고 어떻게 가슴을 밟느냐며 대신 발바닥을 주무른다. 발바닥은 몸의 축소판이라고 했으니, 가슴에 해당하는 부분이 어디쯤일지 가늠하며 아내의 발바닥을 주무르는 것이다. 그러다보니, 그는 자신의 가슴께에도 낙엽 한 장이 붙어 있는 것을 느낀다. 그리하여 화자는 말한다. "쓸쓸하고 또 슬픈 것들은 다 가슴께 붙어 있다"고. 느지막이 왔다가 가지도 않는 아프고 고단하고 슬픈 마음들 말이다.

여기, 저 "흑백시대"의 멋진 조연이 있다. 영화배우로서도 조연이었고, 세상을 떠날 때에도 조연이었던 그, "트위스트 김"이다.

흑백시대 당신의 흑백영화처럼
세상 뜰 때
당신은 또 조연이었더군요
이 세상 그 많던 주연은 어디에 있는지
삼베 수의(壽衣)도 관두고
즐겨 입던 청바지 입히라고 했더군요
삼일장 하고 발인 날
운구할 이도 부족하여
동행 취재하던 기자도 깜짝 출연했군요
어느 길에서도 돌아보지 말아요
돌아보아도 청춘도 인생도 맨발뿐이죠
주연도 조연도 맨발의 청춘
고(故) 트위스트 김

_「맨발의 청춘」 전문

세상을 떠나는 날, 장례식장에는 운구할 이가 부족하여 동행 취재하던 기자까지도 관을 들어야 했다던 그다. 온 인생을 조연으로 산 그는, 세상을 하직하는 마지막 날까지도 주연으로 살지 못했다. 세상의 주연들은 어디에서 군림하고 있는지 그는 그렇게 세상을 떠났다. 하지만 그는 '내가 죽으면 나를 청바지 입혀서 화장을 시켜 달라'고 했다니, 그렇게 전성기 시절 자신의 상징인 청바지를 고집한 것은, 자신의 생이 그저 빛나는 조연이 아니라 당당한 주연이었음을 웅변한 것이 아닐까. 돌아보면 그의 출세작인 영화 〈맨발의 청춘〉(1964)과 같이 "청춘도 인생도 맨발", "주연도 조연도" 맨발일 뿐이다.

세상의 주인을 자처하며 자기들처럼 성공해보라고 희롱하듯 우리에게 '긍정-병'을 심어주는, 저 자본의 주역들이 여기저기에 널려 있다. 누구에게나 성공이 보장되어 있는 것처럼 보이는 자본주의적 선택지는 기실 허상의 사다리일 뿐이다. 그럼에도 불구하고 이러한 미끼와 꼼수가 젖과 꿀이 흐르는 자본의 대지에서 소비의 자유로 군림하고, 더 나아가 선택의 자유로, 정치적 자유로 전용되는 것을 우리는 무수하게 보아왔다. 주연으로서의 삶은 자본주의적 성공 신화가 아니다. 모두가 맨 발임을 인정하는 것. 스스로 이 세계에서 속물과 잉여가 되지 않으려고 애쓰는 것. 스스로의 생을 책임지며 오연함을 잃지 않는 것. 수의 대신 청바지를 입혀달라고 한 그의 유언을 우리는 기억할 필요가 있다.

우리 시대의 지옥도 속에도 이렇게 곡진한 이야기가 희망의 씨앗불처럼 숨어 있다는 것이 가슴 뭉클하다. 시인은 이 사연을 이렇게 담담하게 들려준다.

경기도 가평 현리 동네 담벼락마다
누군가 어떤 여자 이름을 또박또박 써 놓았다
최미영 최미영 최미영
지우고 나면 또 쓰고 지우면 또 쓰고

바람이라도 불면 이름이 날아갔을까
비라도 내리면 이름이 흐려졌을까
누군가 이름을 몰래 지울지도 몰라
바람 부는 창밖을 자꾸만 내다보았을까
이름을 지우고 또 낙서를 지워도

다음 날 또 담벼락을 가득 메우던
너무 고약하고 아주 얄밉던 낙서

드디어 주민들이 담벼락 뒤에서 소년의 목덜미를 잡았다
"……"
"많은 사람들이 엄마 이름 불러주면……"
"엄마 병이 나을 것 같아서……"
동네 어디든지 맘껏 어미 이름을 쓰라고
주민들은 소년의 손에 분필 한 움큼을 쥐어줬다

간신히 담벼락에 붙어있던 어미의 이름은
사람들의 가슴에서 또 입에서
한 마리 새가 되어 날아올랐다
가슴 높이의 담벼락이
소년의 하늘 전부였던 것처럼

_「너무 아픈 낙서」 전문

온 마을의 담벼락이 누군가의 이름이 적힌 낙서로 도배가 된다면 어떻겠는가. 최미영, 최미영, 최미영……. 지우고 나면 또 쓰고 지우고 나면 또 쓰고. 마을 사람들은 이 '얄미운 낙서'의 범인을 잡아야 한다고 입을 모았다. 실제로 경찰이 잠복근무까지 서 가며 겨우 낙서범을 잡고 보니, 범인은 8~9세가량의 소년이었던 것. 그 이유를 물으니 소년은 이렇게 대답했다고 한다. "많은 사람들이 엄마 이름 불러주면……"/ "엄마 병이 나을 것 같아서……"라고. 그러자 마을 사람들은 "소년의 손에 분필 한 움큼"을 쥐어주며, "동네 어디든지 맘껏 어미 이름을 쓰라고" 했다는 동화 같은 실화다.

화자는 담벼락에 엄마의 이름을 쓴 소년의 심정이 되어 이렇게 말한다. "바람이라도 불면 이름이 날아갔을까/비라도 내리면 이름이 흐려졌을까/누군가 이름을 몰래 지울지도 몰라/바람 부는 창밖을 자꾸만 내다보았을까"라고. 시인은 이야기를 객관적으로 들려주는 것처럼 하다가도 이처럼 소년을 초점 화자로 등장시켜 소년의 안타까운 마음을 진술한다. 더 나아가 이야기 뒤에 다음과 같은 에필로그를 덧붙인다. 소년에게 담벼락이 어머니의 이름을 적는 하늘이었던 것처럼, "간신히 담벼락에 붙어 있던 어미의 이름은/사람들의 가슴에서 또 입에서/한 마리 새가 되어 날아올랐"을 것이라고. 누군가의 삶을 위해 빌어주는 작은 이타의 발원(發願) 하나하나가 수천의 파랑새가 되어 비상하는 모습을 꿈꾸는 시인의 마음은, 지옥도 속에서 허우적거리는 우리 삶에 하나의 축복의 메시지처럼 울려 퍼진다.

이처럼 낮고 외진 삶의 언저리에서 건져 올린 생의 세목들은 그가 시를 통해 가닿고자 하는 삶의 지평과 맞닿아 있다. 그 지점은 사실 그가 "지울 수 없는 내 영혼의 직장"이라고 불렀던 대기새마을중학교 야학 시절부터 시작된 순정한 시심에 그 연원을 두고 있다. 시인은 거기서 1978년 여름, 중학교 국어와 음악을 가르쳤다. 아이들 곁을 떠날 때, 마을 사람들도 울고 서른네 명의 아이들도 울었다. 그렇게 "아이들 눈가에 눈물을 바라보며 내려오던 날" 교사(校舍) 뒤편 "함석집 할머니"가 퍼주던 "우물물 한 바가지"! 시인은 물은 마시지도 못하고 목부터 메고 만다(졸고, 「생의 이면」, 『시로 여는 세상』 2011년 봄호). 시인은 현재 자신의 처지를 이렇게 말한다. "나는 그 높고 또 깊은 곳에서 훌쩍 내려와서/이 낮고 얕은 곳에서 미적미적 사는 것 아닌지"(「물 한 컵」)라고. 그의 시의 윤리적 지평은, 바로 저 높고 깊은 곳에 있는 대기새마을중학교의 우물물 한 바가지 속에 담겨 있었던 것이다. 그것이 보통 물인가. 아이들의 눈물로 빚은 영혼의 샘물이다. 시인은 결코 그 시절을 잊지 못한다. 그렇기에 그가 아직도 청년처럼 울부짖고 아파하고 있는 것이다. 다들, 제 멋에 취해 멋지고 날렵한 시를 쓰기에 골몰하고 있는 터에!

그가 아무리 겨울비처럼 "서로 시절이 어긋났을 뿐"(「겨울비 내렸을 뿐인데」)이라고 자조하는 듯해도, 나는 그의 뚝심을 안다. 그것은 약빠른 서울내기 학출(學出)들이 알 수 없는, 저 강원도, 영(嶺) 너머, 바닷가에서, 온몸으로, 치명적으로, 시마(詩魔)를 길들이며 만들어낸 바윗덩어리 같은 근기(根氣)다. 그는 자신의 시력을 이렇게 한마디로 요약한다. "지도에도 없는 길을 따라 너무 깊이 들어왔다"(「한섬」)고. 그의 시가 앞으로 어떻게 변할지는 아무도 모른다. 나는 그가 문청 시절부터 가슴 속에 품은 영혼의 물 한 바가지를 잊지 않으리라 믿는다. "등짐 다 내려놓고/등뼈만 남은/무수골 물오리나무도 제 발밑에 말뚝을 박고 사"(「무수골 물오리나무」)는 것처럼, 영원히 자신의 발밑에 시의 말뚝을 박고 "무수골 물오리나무"처럼 서 있을 것이다. 그러면서도 "식탁 두 개"에 "백반 하나"가 유일한 천 원짜리 메뉴인 "충남 논산 장터에 있는 욕심 없는 식당"(「면벽 17」)처럼, 연륜을 더해 갈 것이다.

이제야 왜 그가 「앞마당에 그가 머물다 갔다」를 이 시집의 표제로 올렸는지를 알겠다.

> 그는 피붙이는커녕 무너진 초가 한 칸도 없었다
> 말년엔 탁발도 끊고

남의 집 헛간에 서당을 차려놓고
끼니를 때웠다는 풍문도 돌았다
그는 헛간 속에도 풍문 속에도
어느 길 위에서도 머물지 않았다

그는 옆에 여자를 둔 적이 한 번 있었다
불치병을 앓는 여자구실도 할 수 없는 여자였다
그는 옆에 둔 여자를 잊고
여자도 그를 잊고 살았다
여자를 만나면 여자를 잊고
또 납자(衲子)를 만나면 납자를 잊고

그는 세월이 또 많이 흘러 뜬구름이 되었다
거울 속에 비친 구름도 상(相)인데
그의 상은 그냥 무상(無相)이었다
구름은 구름이 아니고
거울도 거울이 아니다
그는 어느 곳에도 머물지 않은 바람이 되었다

허공에 뜬구름도 멀리 멀리 흩어지니
뭇바람이 지나간 것을 알겠더라
헛간도 풍문도 여자도
탁발도 납자도 뜬구름도
그가 머물던 앞마당도

마침내 허공도 뻥뻥 뚫릴 것 같은

_「앞마당에 그가 머물다 갔다」 전문

이 작품은 "제2의 원효", "길 위의 큰 스님"이라고 칭송되는 경허 선사(1846~1912)의 일대기를 배경으로 하고 있다. 세속적인 눈에서 보면, 음주와 육식과 여자에 대한 금기에서 벗어나 여러 가지 파계와 기행을 보였다고도 할 수 있는 경허의 일생이 시인에게 어떠한 의미로 다가온 것인가. 그는 산중에 은거하여 도를 깨우치는 이른바 독각선(獨覺禪)을 행하지 않고, 길 위에서, 대중들 앞에서 자신의 종교적 이념을 설파하고 실천하였다. 이러한 점에서 그는 구한말 꺼져가는 불교 정신을 다시 일으켜 세우며 선(禪)을 대중화한 한국 근대불교의 중흥자로 평가받고 있다. 여인을 곁에 두면 여인을 잊고, 남자를 만나면 남자를 잊고, 그저 무상(無相)으로, "어느 곳에도 머물지 않은 바람"으로 생을 마감한 경허. 시인은 경허와 같은 삶을 좇아, 사람들 속에서 우리 생의 아픔을 노래하고 그것을 다시 안으로 끌어들여 스스로를 치유하고 더 나아가 세상의 안부를 물을 것이다.

지금껏 시인의 곁에서 그와 속 깊은 우정을 나눈 그의 사형(師兄), 박세현 시인이 이 시집의 추천사를 쓴다고 들었다. 이미 박세현 시인은 『월동추』의 발문을 통해 그와 문청 시절에 나눈 각별한 인연과 그의 기행(奇行)에 가까운 문학적 일화들을 하나의 완벽한 서사 구조로 그려낸 바 있다. 그 발문의 제목이 바로 '음울했던 청년'이다. 그는 그 시절로부터 한 살도 더 먹지 않았다고 스스로 말하고 있다. "나의 정신적 나이는 아직도 칠팔십 년대쯤 헤매고 있는 걸까/나의 음악적 나이도/열여덟 살 이후 한 살도 더 먹지 않은 걸까/슬프고 또 아픈 시절이다"(「무겁고 또 복잡

한 하루」). 그를 나이 들지 않게 한 이유는 무엇인가. 우리가 사는 시절이, 그 시대와 별반 다르지 않게 슬프고 아프기 때문이다. 그리하여 이 팍팍한 세상, 시원한 우물물처럼 길어 올려진 이 시집 속에, 강세환 시인, 박세현 시인, 그리고 그분들을 사표 삼아 뒤따라갔던 까마득한 후배인 내가 이렇게 한자리에 모였다. 실로 감읍할 만한 일이다. 문학으로 삶을 만들고, 삶으로 문학을 만드는 강세환 시인의 문학적 도정이 더 넓은 바다에 가닿길 바란다. 어두운 자의식의 터널 속을 헤매거나 자폐적 미의식에 숨어 있는 한국 시단의 한구석에 그의 시가 매운 죽비가 되길 바란다. 질박하고 웅숭깊은 언어, 순정하면서도 매서운 그의 언어가, 그의 고향 주문진 앞바다의 싱싱한 생선들처럼 퍼덕퍼덕 튀어 오르기를 간절하게 빈다.

시의 길에 어디 끝이 있고 또 어디 답이 있을까마는 그 길을 끝까지 완주해야 하는 것도 시인의 일이다.

시의 힘이 아무리 무력하더라도 그 무력함이 또 시의 힘이 될 것이다.

시는 시의 길을 갈 것이고 시인은 또 시인의 길을 갈 것이다.

주말부부처럼 조금 떨어져 사는 것 같아 시한테 늘 미안하다.

어려운 시절에 원고를 맡아준 출판사도 고맙고 미안할 따름이다.

여기 외로운 시들을 따뜻하게 보듬어주고 또 아껴주는 당신에게도…….

2015년 초겨울

강세환

실천시선 238

앞마당에 그가 머물다 갔다

2015년 12월 11일 1판 1쇄 찍음
2015년 12월 18일 1판 1쇄 펴냄

지은이 강세환
펴낸이 김남일
편집 박성아, 이승한
디자인 김현주
관리·영업 김태일, 채경민

펴낸곳 (주)실천문학
등록 10-1221호(1995.10.26)
주소 서울특별시 마포구 월드컵로10길 48 501호(서교동, 동궁빌딩)
전화 322-2161~5
팩스 322-2166
홈페이지 www.silcheon.com

ISBN 978-89-392-2238-0 03810

이 도서는 국립중앙도서관 출판시도서목록(CIP)은
e-CIP홈페이지(http://www.nl.go.kr/ecip)와
국가자료공동목록시스템(http://www.nl.go.kr/
kolisnet)에서 이용하실 수 있습니다.
(CIP제어번호:CIP2015033519)